Un petit lapin brun

À Chessie
—M.D.B.

À George et Sebastian
—I.B.

Catalogage avant publication de Bibliothèque et Archives Canada

Bauer, Marion Dane

Un petit lapin brun / Marion Dane Bauer ;
illustrations de Ivan Bates ; texte français d'Hélène Pilotto.

Traduction de: One brown bunny.

Pour les 3-5 ans.

ISBN 978-1-4431-0141-7

I. Pilotto, Hélène II. Bates, Ivan III. Titre.

PZ26.3.B33Pe 2010   j813'.54   C2009-904708-X

Édition publiée par les Éditions Scholastic, 604, rue King Ouest, Toronto (Ontario) M5V 1E1

5 4 3 2 1   Imprimé à Singapour 46   10 11 12 13 14

Un petit lapin brun

Texte de **Marion Dane Bauer** Illustrations d'*Ivan Bates*

Texte français d'Hélène Pilotto

Éditions
SCHOLASTIC

Un petit lapin brun a décidé aujourd'hui
de parcourir la forêt pour se trouver un ami.

Il voit deux oiseaux rouges perchés sur un cerisier.
— Venez jouer avec moi, crie le lapin. Descendez!
— Cui-cui! cui-cui! font les oiseaux avant de s'envoler.

Il tombe sur trois ours noirs qui prennent leur repas.

— Bonjour, dit le lapin. En avez-vous pour moi?

Les ours poussent un grognement et s'éloignent à grands pas.

Il voit quatre poissons bleus qui nagent dans le ruisseau.

— Sortez de là, voyons! Ne vous cachez pas dans l'eau!

Mais les poissons prennent peur et s'enfuient aussitôt.

Le lapin soupire. Il a le cœur gros.

Il rencontre cinq souris grises qui jouent à la cachette.

— Je peux jouer aussi? Allez! Ce sera chouette!

— Hiiiii! font les souris en prenant la poudre d'escampette.

Il croise six serpents verts qui dorment sur une pierre.
— Moi qui voulais des amis, se dit-il, c'est super!
Mais les serpents glissent dans l'herbe et le laissent seul derrière.

Il entend alors sept abeilles jaunes bourdonner au soleil.
— Sautons et bondissons! crie-t-il. C'est amusant! Ça réveille!
Mais les abeilles déguerpissent sans même lui prêter oreille.

Il aperçoit huit fleurs violettes qui s'ouvrent sous les rayons doux.
Je peux sauter! Je peux courir! S'il vous plaît, mesdames, on joue?
Mais les fleurs restent immobiles. Elles ne sont pas drôles du tout.

Il voit ensuite neuf nuages roses envahir le ciel bleu.
— Il me faudrait des ailes pour jouer avec vous,
dit-il, l'air piteux.
Indifférents, les nuages poursuivent
leur course comme des peureux.

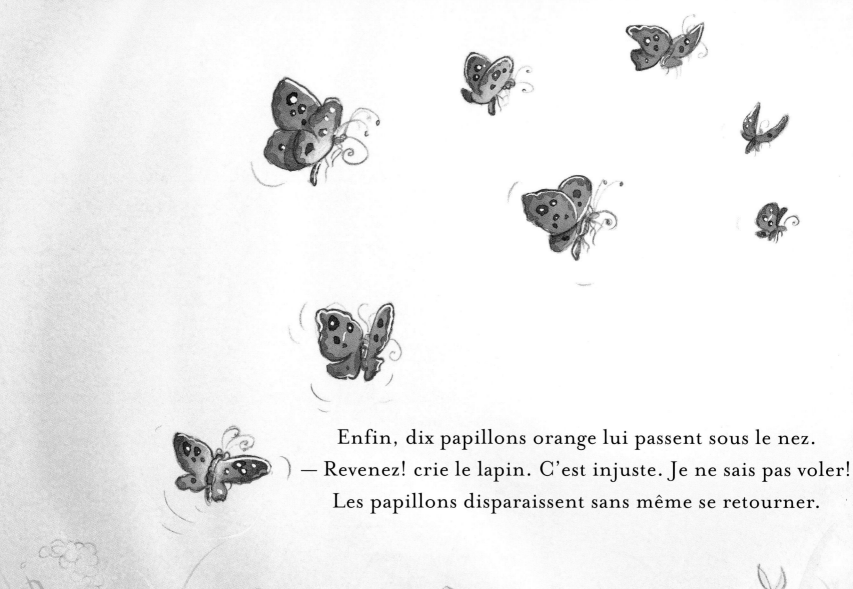

Enfin, dix papillons orange lui passent sous le nez.
— Revenez! crie le lapin. C'est injuste. Je ne sais pas voler!
Les papillons disparaissent sans même se retourner.

Déçu et fatigué,
le petit lapin brun rentre chez lui.
Soudain, une voix lui dit :
— Ne sois pas triste, mon ami.

Oiseaux, ours,
poissons, souris,
serpents, abeilles,
fleurs, nuages et
papillons aussi...
ils sont tous venus
pour jouer avec lui.
— Des amis! s'écrie
le petit lapin brun,
l'air ravi.
J'ai enfin des amis!
Hourra! Youpi!

277-124